청어詩人選 308

눈물, 혹은 노래

안규례 시집

도서출판
청어

눈물, 혹은 노래

안규례 지음

발 행 처 · 도서출판 청어
발 행 인 · 이영철
영 업 · 이동호
홍 보 · 천성래
기 획 · 남기환
편 집 · 방세화
디 자 인 · 이수빈 | 김영은
제작이사 · 공병한
인 쇄 · 두리터

등 록 · 1999년 5월 3일
(제321-3210000251001999000063호)

1판 1쇄 발행 · 2021년 11월 30일

주소 · 서울특별시 서초구 남부순환로 364길 8-15 동일빌딩 2층
대표전화 · 02-586-0477
팩시밀리 · 0303-0942-0478

홈페이지 · www.chungeobook.com
E-mail · ppi20@hanmail.net
ISBN · 979-11-5860-997-9(03810)

눈물, 혹은 노래

안규례 시집

가로등

허허로운 바람이
가슴을 스치며 지나갈 때
너를 생각한다

일탈을 꿈꾸며
어디론가 떠나고 싶을 때
너를 생각한 적이 있었다

행선지 없는 방황 둘러메고
밤의 골목길 걷다가

문득, 까닭 모를 분노에 휩싸일 때

문득, 누군가의 안부가
궁금해지는 그런 날이 있었다

눈물, 혹은 노래

3부 그럼에도

4부 낙월도 민박집

1부

대추나무 집

초롱초롱한 눈망울들
긴 겨울 이불 속 아랫목에
발을 묻고 있으면 꼬륵 꼬르륵
들려오는 뱃고동소리

배곯지 말라고 한 솥 쪄내 오시면
한 개라도 더 먹기 위해
뺏고 싸우고 감추다가
어머니 애 터지게 했던 울음보

대추나무 집

정겨운 골목길 따라 들어가면
드문드문 녹이 슨 철 대문 집
지붕 위 줄기를 말아 올린 호박꽃들
도란도란 얘기를 나누고 있다

나지막이 조곤조곤 주고받는 목소리
밤늦도록 이어지고 아직 날이 밝기도 전
한 쌍의 비둘기처럼
나란히 어디를 가시는 걸까
바람이 들고나는 콩밭 이랑에
곁을 주지 않고 딱 붙어 다니신다

이슬 내린 밭둑에 새들이 날아오르고
아침 해 밀고 올라오자
애호박 한 덩이 따 들고
앞서거니 뒤서거니 집으로 가는
저, 노부부의 그림자

초승달

누가 몰래
파먹었을까
움푹 패인 저
가슴을

바람이 깎았을까
구름이 퍼 갔을까

드넓은
하늘 모서리

홀로 서성이고 계신 어머니

아버지

처마 끝에 걸린 시래기
바람 일 적마다
제 살점 흩어진다

그도 한때는 푸른 들판 누비며
청춘을 불사르던 시절이
있었을 게야

저 끝없이 넓은 밭고랑 휘어잡으며
마음껏 바람의 문턱을
넘나들었을 게야

동네를 굽이 돌아 등치기 논을 지나
수로의 물꼬는 예나 지금이나
싸레 논까지 차고 넘치는데
허수아비 세워둔 들녘
어디를 둘러보아도
쩌렁쩌렁 새 쫓던 당신은 없다

세월의 푸르른 날은
이젠 돌아오지 않으리
생의 눈물이듯
놓을 수 없는 사랑

헛헛한 내 사랑아!

아버지의 들녘

어쩌까 어쩌실까
구순의 울 아부지 올해도 또
손수 지으신 농산물 보내셨네
이 폭염 이 염천에 구부러진 허리로
얼마나 힘이 드셨을까
거친 손 눈에 보이네
해마다 올해만 올해만 하시더니
이러다가 내 손 대신
일손 잡고 돌아가시것네

젊은 날엔 탄광에서
석탄 가루 반찬 삼아 드시고
환갑이 지난 자식 지금도 품고 계시네

복중 뙤약볕 피한다고
새벽이슬 밟으며
풀 뽑고 거름 놓아 길러 땄을
옥수수, 감자, 콩, 검은 봉지에
10남매 얼굴도 같이 넣어
봉다리 봉다리 꽁꽁 잘도 싸매셨네

예나 지금이나
야물딱진 울 아버지!

안부

택배가 왔다

길 잃지 말고 잘 찾아가라고
사과 박스 꽁꽁 묶고
또 한 번 묶어서
포박한 상자

무엇이 들었을까
상자를 풀어내자 와르르 쏟아지는
늙은 주름의 땀방울들

화순 들녘을 통째로 옮겨온 듯
보따리 보따리
콩이며 팥, 마늘, 고춧가루
숨겨둔 내 그리움까지
밑바닥에 접혀 있다가
긴 숨을 토해냅니다

한여름 뙤약볕 아래 굽은 손끝으로 키워낸
저 탱글탱글한 것들 좀 봐

휘어진 허리 관절 앓는 다리로
쉬지도 않고 달려와
거실 바닥에
자루째 널브러져 있는 어머니

고구마 이삭

아버지 닮은 동생 작년에 이어
올해도 고구마를 보냈어요

낯익은 동생 이름이 유난히 가득
시야에 들어오는 택배 상자

들쭉날쭉 들어앉은 못생긴 것들이
어릴 적 우리 남매들처럼
오순도순 자리 잡고 쳐다보고 있네요

살짝 뚱뚱한 아이, 홀쭉한 아이
힘들고 아리던 기억처럼
호미 날에 찍힌 아이가
먼저 눈에 들어옵니다

초롱초롱한 눈망울들
긴 겨울 이불 속 아랫목에
발을 묻고 있으면 꼬륵 꼬르륵
들려오는 뱃고동소리

배곯지 말라고 한 솥 쪄내 오시면
한 개라도 더 먹기 위해
뺏고 싸우고 감추다가
어머니 애 터지게 했던 울음보

도타운 쌈박질 서로 나눠 먹던
생고구마 그 들큼한 맛을
어찌 잊을 수 있을까요

새싹

아가야, 입술 오므리고
새근새근 잠자는
네 모습 보면
스물둘 이른 나이에
네 아빠 잉태하고
가족 모두 기뻐했던 모습 떠오른다

네가 세상에 태어난 지도
벌써 일 년이 다 되어가나 보다
하얀 포대기 위에
방긋방긋 웃으며
잠자는 네 모습 보면
너무나 평화로워
천상의 세계를 엿보는 것 같구나

삐죽이 나온 작은 발
당차게 쥔 주먹
거실에 비친 햇살
끌어당겨 덮어주다가
어릴 적 네 아빠 모습과
똑같아 가만히 웃어본다

사랑하는 내 아가야
이 겨울 지나고 새봄이 오면
뒷산 꽃길 손잡고 걸으며
새들이 부르는 노래
따라 불러볼까
햇볕 따스한 울타리 아래서
소꿉놀이도 해볼까

부르고 또 불러보는
내 첫 손자 주웅아

네 아빠 저녁 등 하나 켜 들고
집으로 돌아오면 세상에서 가장
맑은 노래 들려주렴

한가위

추석이 밀고 들어온 손자들
삼삼하게 보고 싶었지
눈에 넣어도 아프지 않은
고만고만한 녀석들
냉기가 물러가고 집 안이 훈훈해진다
병아리 어미 닭 찾듯 쉼 없이 불러대는 할머니 소리
재잘대는 새끼 새처럼
귀에 쫀득 달라붙는다
집안을 쓸고 다니며
부수고 던지고 넘어져 난장판을 벌여도
가슴 벅찬 이 시간

행복이란 게 과연 뭔지
태어난 순간부터
생체의 연결고리들을 생각해 본다
아주 오묘한 전설 속
옛날이야기처럼
한 사내 한 여자가 아빠 되고 엄마 되고
이어 달리는 운동경기처럼
아이가 아이를 낳아
그야말로 인생의 화양연화

내 생애 가장 큰 선물
할머니란 칭호를 얻었다

액자

서울로 발령 난 남편을 따라
세간살이 풀었던 연희주공아파트

함께 살던 시동생들 내팽개치고
떠나올 땐 자유비행하는
양털구름처럼 가벼웠지만
방, 거실, 일곱 평 남짓한 공간
벽은 갈라지고 시멘트 가루
푸슬푸슬 떨어진 틈새로
바람이 무시로 드나든다

베란다엔 구공탄이
낯선 사람처럼 맞이하고
제 자리를 찾지 못한 이삿짐들은
포개지고 넘어지고
서로를 붙들고 서 있은 지 며칠째

기차 소리 낮밤으로 덜커덩거려도
찬장과 장롱 냉장고 사이로
두 아이는 숨바꼭질하며 잘도 논다

가난을 풀지 못한 짐들이
어둠처럼 현관 입구를 막아서도
희망이라는 액자를
내 마음의 벽에 걸며
꽝, 꽝, 꽝 못을 친다

엄마의 이름표

초저녁 하늘
뜬눈으로 불 밝힌 별 하나
새벽으로 간다

시계 초침 소리는 여전히
잠들지 못한 나에게
늘어진 엿가락처럼 다가오고
먼 인기척에도 셀 수 없이
가슴 쓸어내리며 지샌 밤
새벽은 더 가까이 와 있다

허탈한 가슴은 눈물조차 메마르고
바싹 탄 입안은
마른침마저 돌지 않는다

아직도 작은 아이 손에 꼭 쥔 로봇은
꿈인 듯 생시인 듯
혼잣말을 중얼거리며
문밖의 시간을 끌어당긴다

아는지 모르는지
빨간 벽을 타고 느물느물 들어온
아침 햇살이
덫에 걸린 시간을
가난한 부엌으로 끌고 들어간다

딸가닥거린 냄비에
라면 몇 가닥이 그네를 타고
어느새 실눈 뜬 아이들이
엄마를 부른다

나는 밤새 지구를 돌아온
시간만큼의 거리를 가슴에 묻고
질겅질겅 어둠을 씹은 얼굴에 탈을 쓴다

엄마라는 이름표를 단 천사의 얼굴로

봄, 나들이

종알종알 쫑알쫑알

방금 유치원 갔다 돌아온
손자의 입안에서
노오란 봄이 뚝, 뚝 떨어져 내린다

할머니, 할머니!
오늘 W반 선생님이요
집에 가면
할머니 손잡고 나가보라고 했어요

지금 밖에는
주웅이 같은 꽃들이
마구마구 피어나고 있대요

우리 빨리 주웅이꽃 보러 가요

남편

얼룩으로 찌든 운동화를 빤다
미지근한 물에 담갔다가
긴 솔로 앞코부터
쓱쓱 문지르면
남자의 이른 새벽이
스멀스멀 빠져나와
고무다라 속을 까맣게 물들인다

운동화 뒤축까지 꼼꼼히 빨다 보면
지하철 계단을 오르내린
가쁜 숨소리 빠져나오고

회식을 마치고 돌아오다
만취해 택시 기사와 다투던 폭언
퇴근길 축 늘어진 어깨가
맥없이 빠져나와 귀가를 하는 남자

이른 새벽이 오면 아무렇지도 않은 듯
다시 신발 끈을 조인다

새벽이슬

새벽이슬 맞으며 사분사분
고추밭으로 들어가신 팔순 노모
양손에 넘치게 포댓자루 끌고 나오신다
당신 생을 끌고 나오신다

거친 손끝에 끌려 나온 고추
윤기 자르르 흐르고
때깔도 곱다

한때 어머니도 저렇듯
풋풋한 시절 있었겠지
갓 피어난 꽃처럼 붉게
달아오른 시절 있었겠지

남루한 세월 아등바등 살아오신 어머니
뙤약볕 아래 휘청휘청
수레를 끌고 가는
굽은 등을 따라
저녁 해가 뉘엿뉘엿 지고 있다

십이월

이른 저녁 식사를 마치고
마른빨래 걷어 방으로 들어오신 어머니
어젯밤 까다 둔 마늘을
궁시렁궁시렁 까시며
요샌 밤이 웬수다 웬수
고무줄처럼 늘어진 밤이 웬수여
진저리 치듯 긴 밤의 기억을
곱씹고 또 곱씹으시며
양다리 사이로 빨간 고무다라이를 끼고 앉아
늘어진 밤의 길이를 재고 계신다
툭툭 던져진 마늘이 바구니에
쌓여갈수록 깊어가는 어둠
도란도란 말벗이 되어 주던
나의 눈꺼풀도 스르르 감기고
요란했던 텔레비전이 마감 뉴스를 전해도
아무것도 개의치 않는 듯
뿌시락뿌시락 뭉툭해진 손톱 끝으로
긴 밤을 잡아당기고 계신다

생신

터줏대감처럼 베란다 지키던 오래된 시루를 꺼낸다

둥글납작하게 무를 썰고
팥고물과 떡가루를 번갈아 둘금 둘금 올리고
땅콩 잣 견과류 켜켜이 쌓다 보면
설익었던 마음이 겸손해진다

첫새벽 완행열차 타고 새우등처럼 구부리고 앉아 오고 계
실 어머니
양손에 세청리 들녘을 바리바리 끌고 오시겠지

벌써 시루 밑 접시가
조바심처럼 달그락달그락 신호를 보낸다
밥 짓고 미역국 끓이고 나물 갈비 잡채 좋아하신 음식으로
걸판지게 한 상 차려내면

반백이 넘도록 카랑한 목소리 옴팡지게 쏟아낸 말들
날과 각을 뾰족이 세웠던 시간들 밤샘 얘기 속에 시들어 가겠지

빨간 카디건 새 옷으로 갈아입으시고
함박웃음 아지랑이처럼 모락모락 피어나는 밤이 되겠지

제삿날

제사 장 보는 건 나의 일
과제물처럼 꼼꼼히 메모해서
재래시장으로 장 보러 간다
봄에 말려놓은 고사리 먼저 삶아 두고
깜박 잊고 잡아 둔 약속도 취소하고
절주도 미리 만들어 식혀둔다
명절이나 집안 제사가 돌아오면
차례상을 진설할 때마다
홍동백서 조율이시 어동육서
가르치며 책임을 주셨지
예뻐해 주시고 사랑 듬뿍 주셨지
과일을 좋아하셨으니
가장 크고 좋은 걸 골라야지
생선과 나물도 싱싱한 걸 드려야지
시장바구니 끌고 언덕 넘어
집으로 가는 길

내일은 내 남편의 아버지를 뵙는 날

팥죽

나는 가끔 어린 시절 먹었던 음식이
못 견디게 그리울 때가 있다
내게 있어 그립다는 건
허겁지겁 먹고 싶다는 것
허기진 배를 채우고 싶다는 것
여름날 백철솥에 사흘이 멀다고
팥죽을 쑤시더니 이제는
애기가 되신 어머니
오늘을 위해 예행연습이라도 해놓으신 걸까

오늘은 팥죽을 만들자 그 시절 그대로
먹음직스럽게 끓여보자
밀가루 반죽해서 팥을 삶아
걸러 낸 물에 채 썰듯 송송 썰어 넣으면
숭얼숭얼 끓기도 전 어머니는
어서 달라고 보채시겠지

없던 입맛도 되찾으시며
한 그릇 더 먹자며 조르시겠지

민들레 옷가게

건물들이 밀집해 있는
학동 사거리 오래된 건물 안
화장기 없는 얼굴로
행거와 행거 사이 오가며
어쩌다 들어오는 손님 반기며
울 언니가 서 있네
이 줄무늬 바지는 몇 번째 반품인가
교환, 환불 체면도 없는
손님들이 벗어 던지고 간 옷
손끝 닳도록 정리하며
허공의 별을 줍겠지

풀꽃 같은 인생
두 얼굴 가진 목소리
올리브 같은 미소는 오늘도 울 언니
멋대로 끌고 다니겠지
천정 낮은 서너 평 가게 안
흔들리지 않는 의지로
삶의 꽃 한 송이 피우겠지

2부

흐린 날의 기억

세월의 물레바퀴 돌리는 장터 입구
고무다라이의 미꾸라지들
느긋하게 오수를 즐기고
팔려 나온 줄 아는지 모르는지
올망졸망 얼룩무늬 똥강아지들
저희끼리 체온 나누며
실눈 뜨고 사람 구경을 한다

겨울 가막골에서

손닿을 듯 낮은 하늘이고
바삐 날아간 새 한 마리
서둘러 제 둥지를 찾는다

눈 이불 덮고 잠든 고즈넉한 숲
폭설 속에 홀로 나온 고라니
제 발자국 찍어보다가
발길을 돌리고

능선 저편에서
달려온 맵찬 바람이
내 마음을 마구 흔들었나 보다

저물어 가는
호동재 골짜기 가풀막 오르다
잠시 바윗등에 기대본다

까르르, 까르르르
하늘 찌르는 웃음소리
눈 뭉치 굴리며 장난치던
윤숙이, 말순이, 영현이
하남이, 춘남이 혜분이

내 유년의 그리운 이름들
눈 알갱이로 부서져 내린다

가을

멍석 위에 고추는 몸을 비틀고
시오리 황새봉재
산내들 바람은
들녘의 벼 이삭을 곧추세운다

한낮의 폭양을 뚫고
차양의 깃을 내린 참새들은
오수를 즐기고
해풍에 알몸 생선이
바지랑대에 걸린 태양을 먹는다

만삭의 아내는
남쪽 고향의 문턱을 넘어
단풍의 치맛자락으로 달려오고 있다

능소화

어쩌다
사랑했나
철부지
가시내야

고향 집
마당가엔
잡풀만
무성한데

너 떠난
북망산 너머
능소화꽃
흐드러졌다

추석

녹슨 대문 앞
버짐 핀 감나무
누굴 저리
기다리실까

담장 넘어
흰 가지들

고샅길
내다보며 알전등 내걸었다

추석 만월

무심코 올려다본 하늘
아파트 지붕마다 내려앉아
환하게 웃고 있네

내 어린 날 추석이면
송편 대신 밀떡을 만들어 주던

어린 7남매 사슬에 묶여
밤새도록 베를 짜고
물레를 돌리시던

쏟아질 듯 기울어진
지붕 아래 고래 심줄 같은
가난 옭아매던

팔십 평생 어머니라는
이름으로 둥글둥글
비추어주는 고향이어라

흐린 날의 기억

내 어린 시절
눈 뜨면 두어 평 남짓한 방에
쪼그리고 앉아
물레를 돌리시던 어머니

노름으로 야바위로
재산을 탕진한 아버지
야반도주한 지 이태째

빚쟁이들 고성이 떠날 날 없는 나날들
재봉틀, 괘종시계 쓸 만한 살림살이
죄다 가져가도
호롱불 아래 홀로 앉아
날밤을 새우셨다

고만고만한 쌍둥이 같은
어린 자식들
잠이 들면
시렁 위 솜이불 내려다 덮어주시고
토닥토닥 두드리시며
가만히 한숨을 짓곤 하시었다

잠결에 들려오는
혼잣말처럼 중얼거리는 소리
새벽닭이 홰를 치고
먼동이 터올 때까지
나는 자는 척 잠이 들지 못했다

유년

조약돌 나뒹군 강변에 미꾸라지 훌치는 소리

노을이 변하는 고갯마루에 바람이 나비처럼 탄가루를 몰
고 다녔던
남쪽 산골 한천 오음리

신작로 나뭇잎마저 검은빛으로 분탕질하고 서 있는 길

그 길을 따라 막다른 길에 들어서면 산은 검푸른 가루를
뱉어내고
일 다녀오신 아버지는 까만 가면을 끼고 오시었다

흙먼지 자욱한 돌담 아래 듬성듬성 잘려나간 고사리 같은
이름들

닳고 낡은 기억 속으로 조개를 줍던 소꿉놀이 친구들 그
립다

화순장터에서

세월의 물레바퀴 돌리는 장터 입구
고무다라이의 미꾸라지들
느긋하게 오수를 즐기고
팔려 나온 줄 아는지 모르는지
올망졸망 얼룩무늬 똥강아지들
저희끼리 체온 나누며
실눈 뜨고 사람 구경을 한다

닭전머리 싸전은 만물상처럼
북새통을 이루고 허리 굽은
보따리의 아낙이 오랜만에 찾은
난전의 안부를 묻는데
어물전 사내가 토막 친
바닥에 내동댕이쳐진 생선 대가리
아직 이승의 눈을 못 감고 있다

파장 무렵, 장돌뱅이들
하나둘 분주히 빠져나가고
할매 국밥집 차양막이
사그락사그락 어둠을 몰고 오면
장터는 다시 고요에 묻힌다

해당화

바람은 온몸을 파고들어
젖은 땀을 시원하게 말려 주네요
염천에 무논 삽질하고
진종일 고추를 따고 이제야 들어옵니다

제가 그리도 좋으신가요, 어머니
대들보처럼 잡아놓은
틀 안에 가두시고
시도 때도 없이 불러내시네요

무릎 관절이 아프고
손마디가 저려옵니다, 어머니
당신이 피워주신 울화 꽃
십전대보탕처럼 꿀꺽꿀꺽
다디달게 삼키겠습니다

평생 일구시던 섬메골 논밭
새로이 꽃 피우며
한 올 한 올
엮어서 채워나가겠습니다

붉디붉은 해가 저물어 가네요
무성한 계절이 지나가고 있습니다, 어머니…

호박죽

봄이다고, 봄이 왔다고
방 안에서 기르던 애완견마저
외출 나간 휴일 오후

전화기를 들었다가
텔레비전을 켰다가
지난가을 어머니가 보내주신
늙은 호박을 톡톡 두드려본다

고향의 안방을 겨우내 지키며
향수를 짙게 뿌렸던 호박
유통 기한을 알리듯
조금 짓무르긴 했다만
그래, 오늘 같은 날은
호박죽을 끓이자

누런 껍질을 박박 긁어
보글보글 끓이다 보면
잘 익은 단내가
집안 가득 진동하겠지

식탁 위에 무료함으로 가득 찬 하루가
달큰함으로 채워지겠지

봄 햇살을 따라 나간 식구들도
냄새를 맡고 얼른 귀가하겠지

세탁기

빈집에 남은 여자는 아직도 속이 뒤집혀 있다

어젯밤 기억을 다시 꺼내
멱살 잡아 던지듯 커다란 입을 향해
비틀거린 남편이며
벗어 두고 간
운동화까지 마구 집어 던진다

어느 날은 흥분한 나머지
겉옷을 던져 휴대폰까지 돌린 적이 있다
언젠가 걸레 하나만 집어넣고
반나절을 돌린 적도 있다

가끔 느슨해진 관절이
삐걱거릴 때도 있지만
그러거나 말거나
버튼만 누르면
비 맞은 중처럼 중얼중얼 돌아간다

마음이 맑은 날은
향긋한 세제를 풀어 겉과 속을 닦아주며
콧노래를 불러주기도 한다

물과 세제 옷가지
적당히 반죽하여 넣어주면
여자의 부드러운 손길에
화답이라도 하듯
금세 풀어져 충직한 일꾼이 된다

있니

누군가에게 납작해지도록 밟혀 본 적 있니
그 아픔 헤아려 가슴 깊이 패인 상처 어루만져준 적 있니

굳은살처럼 박힌 못 하나 꺼내어 말랑말랑해질 때까지 주
물러 본 적 있니

새를 기다리는 나무처럼 오지 않을 걸 알면서 간절한 믿
음 하나로 아침을 기다려본 적 있니

밟히고 구부러지고 뭉개져도 배고파 자지러지게 우는 아
이처럼 비명 한번 질러본 적이 있니

없는 시간을 기다리는 어두운 밤 뜨거운 눈물 흘려보지
않은 사람을 너는 알고나 있긴 하니

롱패딩

아들이 큰 인심 쓰고
백화점 가서 사준 하얀 롱패딩
집에 와 큰 거울 앞에서 입어 본다
벗었다 입었다 몇 번이고 입고 또 입어 본다

허리는 굵어졌지만 개폼, 똥폼도 잡아보고
이런저런 포즈도 잡아보고
가벼운 웃음도 지어보고
패션모델처럼 좁은 거실을
빙빙 돌기도 하고 느릿느릿 걸어보기도 한다

아, 이런 날 눈이라도 오면
혼자서라도 압구정 로데오거리
푸른 청춘들처럼 주머니에 손을 찔러 넣고
무선 이어폰을 살짝 끼고 약속이 있는 것처럼
바삐 걸으면 좋겠다

그러다가 눈발 희끗 흩날리는
어느 가게 모퉁이 무심코 돌아서다가
옛 애인 아닌 옛 동창이라도
우연히 만났으면 좋겠다

수술 전야

시리도록 맑은 하늘 아래
창문 너머 누군가의 웃음소리
엄마는 지금 무얼 하고 계실까
전화라도 드려볼까

혼기 찬 아들은 집 나갈 생각 아니하고
장롱 속 다 뒤져도
계절에 맞는 옷은 보이지 않네

돌아보면 몸에게 미안한 세월
언제나 새것인 양 아침부터 밤까지
부려먹기만 했지

호강 한번 시켜 준 적 있었던가
값비싼 보약 한 재 지어줄 걸

평생 고장 안 날 것 같던 몸속에
저들끼리 뭉쳐서
스크럼 짜고 있는 세포들
지금은 그냥 두면 안 된다는
의사의 단호한 한마디
대롱대롱 귓전에 매달려 있고

이 밤은 길기만 하네

퇴원 전야

병실 창가에 메아리처럼 새털구름 몰려왔다 몰려가는 가을날
부모님이 물려주신 신체의 일부분을 개밥 던져주듯 병원
에 떼어주고 내일이면 간다

링거, 소변 주머니 혈액 주머니를 주렁주렁 매달고
통증과 싸웠던 301병동 201호의 시간들

잔영처럼 구토와 어지럼증은 지금도 간간이 찾아왔다 가지만
인생에 있어 이 밤이 아픔의 종지부를 찍는 마지막 밤이
었으면 좋겠다

벌써 몇 번째 수술대에 올랐던가
구급차 소리에도 두려움이 밀려온다
약속이라도 한 듯 모두가 빠져나간 병실에 소등을 하고
사방으로 커튼을 치며 눈을 감아도 잠은 좀처럼 오지 않는다

실루엣 같은 불빛 사이로 울컥울컥 복받쳐 오르는 서러움
어질러진 침상을 정리하며 더러는 상처를 핥듯 축 늘어진
몸을 만져본다

이 밤이 지나면 퇴원하는 날 그래 잘 있거라
누군가의 손에 이끌려 쓰레기로 버려질 나의 분신들아
미안하구나, 혼자 집으로 돌아가서

봄맞이

혹 하나 떼고
방사선 풀풀 풍기는 건물 빠져나와
집으로 가는 길

흩날리는 꽃잎처럼 발걸음도 가벼웁다

긴 겨울 3병동 1001호실에 갇혀
서로 모른 채 지냈던 사이
바깥은 온통 꽃물결이네

평창동을 지나 북악 스카이웨이
선물 같은 꽃길 걸으며
한동안 비워둔 집으로 들어선다

현관문을 열자 순간 핑 도는 눈물
통증으로 엎치락뒤치락 잠 못 들던 침대
이부자리 베갯머리 머리카락 쌓인 먼지들

그래, 그래 모두들 반갑구나!

한 몸 되어 뒹굴었던 어두운 방 안
잔영처럼 남아 있는 내 안의 부풀었던
꽃망울들

아, 다시 시작되는 봄날…

그립다 그립다고 말하지 마라
한때는 뜨겁게 피었다
지는 꽃만 봐도 아파하며
눈물 흘리기도 했다만

산다는 건 그리움만은 아니다

코로나19
-2020

새장 속의 파닥이는 새 마음 알겠네
수족관 물고기, 이마 상처 난 마음을 알겠네
이 세상 모든 갇혀 있는 것들의 마음 알 것도 같네
창문을 열고 꽃들에게 나무들에게
괜스레 미소를 지어보네
손 내밀어 악수를 청해 보네

쨍한 햇살 속 바람은 한 올 가을 향을 물고 오는데
가슴은 빈들에 흔들리는 허수아비
긴 겨울 봄을 기다리는 새들처럼
세상의 봄은 올까 꽃은 필까
시도 때도 없이 울려대는 문자
딩동, 딩동 또 그놈의 불청객이
가까이 온 모양이네

가면을 눌러 쓰고 창문을 다시 닫아야겠네

코로나19
−2021

휴대전화를 열면
예고 없이 밀고 들어온 안전 문자
지우고, 또 지워도 쌓여만 가는 것들을
이제는 그냥 두기로 했다
오늘은 또 얼마나 많은 바이러스가
제멋대로 훑고 지나갈까
아침에 눈을 뜨면 내 보호구역 안에서조차
번져오는 불안감
어젯밤 술에 취해 횡설수설
장미 몇 송이 사 들고 들어온 남자
손에 든 꽃은 아름답지만
더는 신선하거나 매혹적이지 않다
아들의 늦은 귀가도 그렇다
시간이 흐를수록
초토화되어간 텅 빈 거리들
어슬렁거린 고양이 밥은 누가 줄까

아 옛날이여!

그럼에도

겨우내 전쟁보다 무서운 팬데믹(Pandemic)이라고
매스컴마다 떠들어 대거나 말거나
북서울꿈의숲에 산수유는 피었다

학교는 휴학을 해라 직장인은 재택근무를 해라
외출은 자제해라 마스크를 써라
눈만 뜨면 들려오는
사람들이 수없이 죽어 나간다는 지구촌 뉴스
겁먹은 하루가 시작되지만
수목들은 일제히 혈관을 터뜨린다

목련을 앞세우고 개나리 진달래 영산홍
사이좋은 형제자매처럼 축포를 쏘아 올리며
사람들을 불러 모으고 있다

참나무 끄트머리 새 떼들도 이 나무 저 나무
경계를 허물며 난리법석을 떤다

더욱 투명해진 하늘 아래 햇살도 눈부신 정오
전염병이 돌고 사람들이 죽어 나가고
그럼에도 불구하고 지구 한 모서리
이곳 작은 공원에도 봄은 내리고 있다

태풍 전야

화단 끄트머리 활대처럼 길게 뻗은
저 금낭화 좀 보소
새소리 그치고 벌써 바람은 몰려오는데
사슴 눈망울처럼
주렁주렁 매달린 꽃들
순종하듯 고개를 떨구고 있다
팽팽해진 공기 속에
비는 내리기 시작하고
시시각각 달라지는 바람 소리
범이 낮게 우는 소리처럼
끊어질 듯 이어지고
하늘은 더 가까이 내려와 있다
저 여린 것들 온 밤을 견뎌 낼 수 있을까
새 아침을 볼 수 있을까

돌계단 오르내릴 때 발길 멈추게 하고
어둠 속에서 내 눈 맞추어 주던…

천둥벌거숭이

기다리면 다시 부른단다
기약 없는 한마디 말로
허기진 배를 채우고
돌아서는 발자국에 어둠이 내리고 있다

분노는 누가 먹다
버린 찌꺼기인가
말하지 말라
그 입 다물라
목구멍까지 치밀어 오르는 말
한마디도 못 하고
그 골목을 빠져나오는
내가 부끄러워라

천둥벌거숭이,
천둥벌거숭이의 삐뚤어진 행태
어느 미치광이가 저 어설픈 줄타기를
흉내 낼 수 있을까

웅성웅성 쉽게 떠나지 못한 자리
뻔히 알면서도 감당키 어려워
모른 척 돌아서는 내가
비굴하여라

달력을 넘기며

벽에 걸린 달력 한 장
12월이란 숫자가 선명하다
저마다 시작과 끝은 달라도
붉거니 푸르거니 말만 내뱉고 이 한해도
속절없이 저문다

달력 네모 속 숫자를 되짚어 본다
잊고 싶은 기억과
다시 곱씹어도 좋을
지난 시간이 교차하지만
지금은 허공과 허공이 맞물리는 시간

문득 잘못한 일보다는
잘한 일을 앞세워
저 산꼭대기에 올라
깃발이라도 흔들고 싶다

햇살은 유리알처럼 맑아도 바람은
황소울음 소리를 낸다

오늘도 생의 어느 지점에서
또 하루를 보내고
양지바른 창가에 앉아
희끗해진 머리 염색을 한다

문득

집 근처 뒷산을 오르다 보니
수령 몇백 년은 넘었을 것 같은
소나무 한그루
지난가을 태풍에 쓰러져
죽어서도 그 자리 떠나지 못하고 있다

나는 하늘을 우러르며 곧게 뻗어 올라갔을
나무를 가만히 만져 본다
오랜 세월 거친 비바람에 닳고 닳아
그대로 굳어진 듯
나무줄기가 거북등을 닮아 있다

한때는 그도 밤하늘에 뿌려진
크고 작은 별들을 세며 푸른 꿈을 키웠으리
높은 나뭇가지 새들과 함께
수런수런 바람의 노래도 불렀으리
시원한 그늘을 내어주며
많은 사람을 껴안았을 터

이따금 등걸에 청설모가
두리번거리고 새들이
횃대처럼 쉬었다 간다

나무 곁에서 한참을 서성이다
고향의 아버지에게 안부를 물어본다

목탁 소리

똑, 딱 똑, 딱
저 네트 위를 날아다니는
탁구공 안에는
스님이 염불을 하고
있는 것 같아

똑딱 똑딱 똑딱
산사의 목탁 소리처럼
맑고 경쾌해

셀 수 없이 때리고 또 때리며
귀 기울여 봐도
목탁 소리임엔
틀림없어

똑 딱 똑 딱, 똑 딱 똑 딱
치면 칠수록
정신이 맑아지고
번뇌와 번민이 사라지는

맞아, 분명
저 작고 비좁은 동굴 속에는
아마도 덕이 높은
고승이 도를 닦고
계실 거야

봄바람

역마살 못 이겨서
바깥을 떠도는 남자
톡, 톡 쏘아대는 여자의 잔소리도
알량한 자존심 하나로
용케 잘도 피해간다

틈만 나면 콩이야 팥이야
천방지축 칠레팔레
남의 집 숟가락이 몇 갠지
부뚜막 밥그릇 솥단지 속에
숨어 있는 인생사까지

저 끝없는 오지랖을
그 누가 말릴까

오늘은 괜시리
봄바람에 헤실거리는
꽃들의 저 모가지를 분질러 놓고 싶다

봄이어서

분홍빛 매화 진달래 개나리 목련
봄꽃들이 저리도 화사한
청계천 물길 따라 걷다 보면
사브작사브작 바람결에 들려오는 소리

비탈진 천변을 가만히 내려다보면
맥없이 흔들리는 묵은 갈대숲이
오늘을 힘껏 밀어내는 것을 알 수 있다

지금 문밖은 제아무리
봄빛으로 물들인 세상이라 할지라도
어디 흐르는 세월만 할까
눈부신 햇살 속으로 그 울림이 주는 파동

늙어간다는 건
욕망으로부터 담담해지는 것
그래, 사랑도 이별도 공존했던 한 시절
참 잘도 보냈다

비 오는 날

비가 오네 가늘게 내리지만
가슴에 부딪히는 저 소리를 들어봐

침묵으로 기운 방 안에
지그시 눈을 감으면
비는 습관처럼
지난 시간을 끌고 다닐 때가 많아

시집살이 고달파 달빛 아래
쓰윽 눈물 닦으며
홀로 서 있는
저 여자를 좀 봐

엉엉 소리 내어 울지도 못하고 차라리
귀를 막고 싶을 때가 많았을 거야

이런 날 입담 좋은
살가운 친구 하나 불러내
수다나 떨어볼까

골목길 카페에 앉아
주저리주저리 떨어지는
비의 주둥이를 막아나 볼까
봉합되지 않은 기억들을 덮어나 볼까

석양

그립다 그립다고 말하지 마라
한때는 뜨겁게 피었다
지는 꽃만 봐도 아파하며
눈물 흘리기도 했다만

산다는 건 그리움만은 아니다

나무들은 나무들대로
숲의 새들은 새들대로
내 사랑 아직 그대로
달라진 건 없다

늙어간다는 건 나이가 든다는 건
저물어 갈 뿐 시든다는 건 아니다

고목에도 꽃이 피듯 피는 꽃
또한 아름다움 연속 아니던가

내게 있어 사랑은 여전히
끝나지 않은 진행형이다

소문

내가 사는 집은 한 뼘도 안 되는 입 안이다

바닥이 말랑말랑해서 항상 혀끝에서 놀기를 좋아한다

누군가 찾아와 혀와 혀끼리 맞닿은 날은 풍선처럼 부풀어
올라 세상 곳곳을 떠돌며 은밀한 말을 전한다

바람의 길을 가듯 가끔 방향을 잃어 막다른 골목에 서면
점점 불어난 덩치가 사람들의 가슴을 후벼 파기도 한다

한곳에 머물지 못한 습성이 있어 방랑자처럼 떠돌다 다시
그 자리 돌아가도 실체를 아는 사람은 많지 않다

의외로 나를 신봉하는 사람들이 많아 나는 나를 먹고 산다

시를 찾아서

사방천지 둘러봐도
외딴 섬처럼 적막하기만 한 날들
모두가 떠나간 빈 뜰
낮은 담장 너머로
누군가를 부르며 갈망하고 있을 때
형형색색 꽃들 피고 지는 봄날
너는 기쁜 샘물처럼 다가와
갈라진 땅 빗물 스미듯
타는 목을 적셔주었지
창을 등지고 앉아 간절함의 문턱
서성이길 몇 해이던가
눈뜨면 차오르는 물길 속
겹겹이 쌓은 돌다리
바닥부터 헤아려 봐도
무엇 하나 가벼운 건 없더라
우연인 듯 필연인 듯
이젠 잡은 너의 손 놓지 않으리
촉촉이 젖은 땅 새순 돋듯
묵묵히 기다리고 기다리리

북서울꿈의숲

산 입구에 들어서면 계절은 지금 풀벌레 울음소리 하나
풀어 놓고 바람과 행로를 교신중이다

망초꽃 구절초 쑥부쟁이 고마리꽃들이 필연의 갈림길에
섰다는 걸 아는지
향기를 그 길 너머 너머까지 풀어놓고 오가는 사람들을
쳐다보고 있다

숲을 가로질러 갈참나무 도토리 툭툭 떨어지는 소리 솔방
울 떨어지는 소리보다 더 크다

오패산 건너온 건들바람이 건들건들 건달처럼
쨍쨍한 한낮의 햇살을 휘감는다

소용돌이치듯 푸르든 젊음은 순식간에 지나가고
아, 또 한 번의 이별은 오는가

4부

낙월도 민박집

생이 다한 삶이 그렇듯
툭툭 이승을 건너가는 막다른 길에서
계절이 던진 화두 하나
소멸과 환생 그 어디쯤
우리는 서 있는 것일까

제비꽃

어쩌다 밟힐까,
바람 소리마저 불안한
봄날이다

나의 어린 시절을 보는 것 같아
더 애잔하다

고사리손으로
밥을 짓고, 빨래를 하고

새벽 일 나간
엄마를 기다리는 길목엔

언제나 제비꽃이
먼저 알고
반겨 주었다

보랏빛 제비꽃

사랑을 위해
사랑을 버린

그 아픔으로 보랏빛 물에
날개를 적셨나

달빛 무늬 박힌
헤아릴 수 없는 나날들
봄바람 타고

온 천지에
연보랏빛 꽃등
내걸었다

그리운 봄날

사월의 벚꽃 나무 아래 앉으면
지나는 행렬처럼 이어지는
꽃잎들의 끝없는 낙화

뱅그르르, 팽그르르
아직 물기가 마르지 않은
풋풋한 꽃잎들이
마구 떨어져 내린다

내 일찍이 단명의 꽃이라
이름 붙이기도 했지만
삽시간 발끝에 쌓인 저 무수한
꽃들의 주검

바람은 장난처럼 제멋대로
끌고 다닌다만 어쩌란 말이냐!

잠시, 아주 잠시 왔다 가는 세상에
너도나도 우리 모두
그리움만 쌓이는 봄날이다

벚꽃 지다

봄이 오면 꽃들이 만개한
사월이 오면
으레 들었던 말

화냥기가 있다, 헤프게 웃는다

글깨나 쓴다는 시인들 입에
무던히 오르내린 얘기다만
꽃에 대해
함부로 말하지 마라

언제부턴가 역병이 나돌고
흉흉한 소문이
꼬리를 물고 다니는
이 세상

한 줄기 빛이 되고자
그저, 밝게 환하게
불 밝히다 가고 싶었을 뿐

애시당초 유혹의 눈길은
주고 싶지 않았다

앗싸!

미세먼지 하나 없다
나가자
하나님도 일탈을 부추긴다
어디로 갈까
바다로
산으로
아니야, 쑥들이 널브러진 들판으로
오늘은 자연에 예의를 지키듯
바람의 길 하나 내어주고
다소곳이 주저앉아 쑥을 캐자

지금쯤 들판은 쑥
천지일 게야
가방 가득 봄빛과
새소리도 담아오자

그리하여
시도 때도 없이 해대는
남편의 잔소리
작은아들
까탈스런 입맛도

쑥버무리 버무리듯
한 줌은 국을 끓이고
한 움큼은 쑥개떡 만들어
즐거운 식탁 앞에
앉아보리

앗싸!

외출

평생 지키던 집을
부푼 꽃송이처럼 훌훌 털고
문밖을 나서는 여자

그래, 마법에라도 걸리라지
화창한 봄 햇살 속으로
벚꽃 웃음 흩날리며
청계천 물줄기를 따라가는 길

파란 하늘에 등 하나 내 걸고
폭우처럼 휩쓸려 왔던
시간의 고삐 가볍게 잡아당기며

하이힐을 신고 또각또각 걸어가는
마음이 매화나무 아래
순이 가슴이다

영산홍

아파트 쓰레기장 깨진 화분 하나
모성의 품처럼 뼈가 앙상해진
나무를 품고 비스듬히 누워있다

나는 신음하고 있는 나무를
감싸고 데려와 사춘기
말썽쟁이 녀석 달래듯
베란다 빈 화분에 꼭꼭 눌러 심었다

아침저녁 물을 주며 가족에게
버림받은 삶을 가만히 만져주곤 했다

며칠이 지나자 한바탕 진통을 겪고
밥상 앞에 마주 앉은 아들처럼

팽팽하게 뿌리를 뻗어 간 나무는
몽실몽실 꽃몽우리를 맺었다

눈물, 혹은 노래

맹렬히 짖어대는 매미 소리

그것은 저들만의 언어로 쏟아낸
눈물, 혹은 노래

그 울림 속 벼랑 끝에
서 있어 본 사람은 알지

바람도 모른 척 지나간다는 것을

구름도 모르는 척 외면한다는 것을

매미 소리

열하의 폭염 속
미물이 목청껏 빚어내는 저 소리

신명 난 노래인지
서러움의 눈물인지 알 수는 없지만

삶이란 본디 소리
머리 위에 유영하는
뜬구름 같아서 울다가 웃다가

다 비우고 가는 게
그게 인생이라고

오늘도 매미는
제 옆구리 비틀며
통찰 중인가 보다

구월은

만삭의 몸 풀어놓은
전율의 마침표

지난 염천 마음 한 자락
쥐어뜯어 쓴 이랑 일기

황홀로 붓질 되어 누런 들판 움켜쥔
농투성이 노랫가락

석양녘 눈 밝은 고추잠자리
한 소절 입에 문
고통을 달게 마시는 축배의 잔

가뿐히
하늘 날을 때 내 영혼 덩달아
붉디붉게 익어가는

입동

새벽녘 후드득 우두둑
비 떨어지는 소리
가을이 가는 소리
베란다 유리창에
그렁그렁 매달린 굵은 빗방울들
앞마당 은행잎
한꺼번에 몽땅 뛰어내리겠다
어제 봤던 코스모스 구절초 꽃무릇
무더기로 지겠다
이 비가 그치고 나면 하늘은 얼마나
잿빛으로 내려앉을까
나는 또 얼마나 쓸쓸해 올 것인가
풍선처럼 부풀었던 가슴
벌써 하나의 점으로
작아지고 있다
으슬으슬 새벽바람이 차다
오늘은 장롱 깊이 넣어둔
두꺼운 외투라도 꺼내 걸쳐야겠다

십일월

잰걸음으로 가고 있는 가을을 본다
11월은 그 숫자만으로도 성미를 알 수 있다

아파트 단지 뒤 단풍나무 몇 그루
마지막 화두 던지듯 몇 잎
남지 않은 이파리 붙들고 서 있다

바람은 어두운 골목 제 길을 가고
계절의 빈 등은 아직 문을 열지 않았다

바스락 존재를 알리는 낙엽들
한낮의 무게는 더 가벼워지고
지금은 화단도 뒷마당도 비워야 할 때

계단 입구를 지나 휘어진 길모퉁이 돌아온
햇살도 잠시 머물다 이내 문지방을 넘어선다

정원의 풍경

베란다 창을 열고 의자에 앉아
나만의 풍경을 그려 본다

저 짙은 은행나무 위로
양떼구름 지나가고
꽃나비 팔랑팔랑 춤추는
오, 나만의 꿈의 정원

형형색색 꽃들 피어난 뜰에서
돗자리 깔고 누워
저 파아란 하늘을 올려다봐도 좋으리

새 떼들 조잘거리는
하늘의 창가에서
말없이 침묵을 해도 좋으리

바람의 자잘한 웃음소리 간질이는 날엔
혼자여도 좋고
너와 함께라면 더욱 좋으리

작은 손 안에 방긋 피어나는
너와 나의 풀빛 약속

이 가을

세상 더할 나위 없는
감정에 치우치듯
한 시절을 보낸 낯익은 풍경들이
사라져가고 있다

울긋불긋 갈빛 숲을
선머슴처럼 날뛰고 다니며 흘린
황금빛 언어의 유희
파릇했던 추억은
시간의 보습에 찍혀
어느새 저물어 가고
낙엽은 곤곤(困困)한 제 몸을
맨바닥에 누이며
바람의 길을 간다

생이 다한 삶이 그렇듯
툭툭 이승을 건너가는 막다른 길에서
계절이 던진 화두 하나
소멸과 환생 그 어디쯤
우리는 서 있는 것일까

이 가을 주머니 속 추억 같은
소중한 시
잘 갈무리 하고 싶다

우회로에서

깊은 사랑에 빠져 연애하거나
가슴 저미도록 보고 싶은
사람이 없다 해도
잎이 꽃이 되는 가을은
절로 설레게 하는 계절

먼 상류의 강물처럼
생에 첫발을 내딛듯
어릴 때 불렀던 노래 흥얼거리며
산으로 바다로
세상천지 누비고 싶다

혼자면 또 어떠랴
남녘 바다 등대 외로운 섬마을
다리가 저리도록 걷고 싶다

걷고 걷다가 지치면
털퍼덕 맨바닥 주저앉아
지나온 생의 옷자락
가만히 여미어 봐도 좋으리

가을 오솔길

눈부시게 쏟아져 내린 햇살만으로도
가슴 벅차고 설레는 날입니다

숲길 어디를 걸어도 낭만이 있는
바람이 내어주는 길을
무작정 따라가 봅니다

바스락바스락 낙엽 밟는 소리
마음이 평온해집니다
설혹, 가슴 아픈 사랑을 한다고 해도
슬픔은 오래가지 않을 듯합니다
청잣빛 하늘 그 이름만으로도 넉넉해 지는 하루

나뭇가지 오가는 새들도
가을밤 울리는 풀벌레 소리도
친구로 다가옵니다

흰 구름이 놀다간 자리
비닐 돗자리
하나 펼쳐도 좋겠습니다

낙월도 민박집

피서객이 머물다 떠나간 빈집은
사방에서 밀고 들어온 바람이 방마다 눌러앉는다

길게 누운 백사장을 밟으며
습관처럼 갯바위에 걸터앉은 그녀
먼 수평선을 바라보며 혼자의 대화에 익숙해져 있다

칠 년 전 그날처럼 빗방울을 탄 언어들이 바다 한가운데
로 들어간다

바다로 간 사내는 포구의 길을 잃었을까

동남아 여행 가자던 휴대전화 속 약속은
빛바랜 서랍 속에 잠이 들었고
만선을 향한 그의 꿈은 난바다에 묶여 있다

한여름 긴 햇살 아래
가묘를 우북이 덮고 있는 풀들이
그녀의 그림자를 밟고 있다

해설

희망을 예감하는 삶의 기척들

마경덕(시인)

희망을 예감하는 삶의 기척들

마경덕(시인)

　사물과 하나로서 언어는 '온갖'이며 '모든'을 드러내는 '능력'이다. 그래서 언어는 '온갖'이며 '모든'으로 드러나는 '자유'다. 언어의 능력과 자유와 그 정직이 시를 확장하는 '가능성'이다. 위선환 시인이 자신의 시집 뒷면에 쓴 글이다. 온갖 것을 자유롭게 구사할 수 있는 능력은 언어를 통해서 가능하다는 것이다. 보이지 않는 내면이나 어떤 일이 일어나기 전 본능적으로 느끼는 예감까지도 자유롭게 언어로 표현할 수 있으니 언어는 '모든'이며 '온갖'인 것이다.

　"멀어서 보이지 않는 적의 기척이 내 몸에 느껴지는 날들이 있었다. 적들이 수런거리는 기척은 새벽의 식은땀이나 오한처럼 내 몸속에서 살아있는 징후였다. 우수영에서는 보이지 않는 적들이 더욱 확실했다." 소설 '칼의 노래'에서 이순신 장군이 "적의 기척"에 대해 느끼는 대목이다. "적의 기척"을 느낀 밤은 "새벽의 식은땀과 오한"으로 나타난다.

'기척'은 짐작하여 알 만한 소리나 '기색'이기에 멀리 떨어진 "적의 기척"을 확신하는 예감조차 두려운 것이다.

시 쓰기는 자신에게 다가오는 "시의 기척"을 예감하는 일이다. 고정된 시각으로는 보이지 않는 "현실의 이면과 사유의 세계"를 보여주는 일이기에 새벽의 식은땀이나 오한처럼 내 몸에 깃든 징후들을 눈치채고 그들의 존재를 언어로 드러내는 것이다. 이때 시인에게는 '모든 것'과 '온갖 것'들을 동원할 "언어의 자유"가 주어진다. 사물들을 생소한 콘텍스트 안에 던져놓고 출구를 찾아가는 시 쓰기는 익숙한 길을 두고 낯선 길을 찾아 두려움과 맞서는 일이기에 치밀하지 않으면 주어진 자유를 상실할 수가 있다.

내밀한 감정까지 공개하는 시집은 타인과 관계를 이루며 감정을 교류하는 또 하나의 "작은 세상"이다. 자신을 평가하고 위치를 확인하는 방법 또한 타인을 통해서 이루어지기에 그동안 우리가 알고 있는 것이 아닌 낯선 그 어떤 것들을 위해 시인은 심혈을 기울인다.

시각과 청각을 모두 잃어버린 '헬렌 켈러'는 타인의 존재에 대한 중요성에 대해 "듣지 못하는 것은 보지 못하는 것보다 더 불행하다… 왜냐하면 보지 못하는 것은 사물들로부터 나를 고립시키지만 듣지 못하는 것은 사람들로부터 나를 고립시키기 때문"이라고 하였다. '파레르곤 (Parergon)'은 텍스트의 바깥이면서 중심부의 영향을 받아 안으로 영향을 미치는 주변부이다. 동일한 작품도 개인의 코드에 따라 달리 해석되기도 한다. 나와는 무관한 타인은 현실과 동떨어진 존재가 아니라, 수시로 문제에 개입하고 영향을 미치는 '파레르곤'인 셈이다.

'프로이드'는 해결할 수 없는 상처를 치유하는 과정을 문학창작의 과정으로 보았다. 안규례 시인도 가난했던 유년의 상처를 꺼내 보듬으며 마음을 치유하고 있다. 자신이 성장했던 환경을 서술하며 그것에 두고 온, 또는 아직 남아 있는 유년의 모습에 주목한다. 잔잔한 감흥을 일으키는 소박한 일상의 이야기는 내리사랑으로 번져가고 변함없는 부모의 사랑은 "행복의 구심체"가 되어 끈끈한 관계를 이루고 있다. 담담히 들려주는 "넉넉한 사랑"은 현대인의 메마른 '정서'에 단비 같은 위로가 되어준다.

시집 제목은 『눈물, 혹은 노래』이다. '눈물'이 변해 '노래'가 될 수 있고 혹은 '노래'가 변해 '눈물'이 될 수 있다는 것을 암시하는 제목이다. '눈물'과 '노래'는 전혀 상반된 뜻을 지니고 있지만 같은 선상에 올려둔 것은 무슨 연유일까. '눈물'을 다듬어 '노래'를 만들었다는 뜻으로 읽힌다. '눈물' 없이 어찌 '노래'를 부를 수 있을까. '눈물'은 '노래'를 위한 준비였을 것이다. 이제 '눈물'이 '노래'가 되어가는 과정을 따라가 보자.

내 어린 시절
눈 뜨면 두어 평 남짓한 방에
쪼그리고 앉아
물레를 돌리시던 어머니
노름으로 야바위로

재산을 탕진한 아버지
야반도주한 지 이태째

빚쟁이들 고성이 떠날 날 없는 나날들
재봉틀, 괘종시계 쓸 만한 살림살이
죄다 가져가도
호롱불 아래 홀로 앉아
날밤을 새우셨다

고만고만한 쌍둥이 같은
어린 자식들
잠이 들면
시렁 위 솜이불 내려다 덮어주시고
토닥토닥 두드리시며
가만히 한숨을 짓곤 하시었다

잠결에 들려오는
혼잣말처럼 중얼거리는 소리
새벽닭이 홰를 치고
먼동이 터올 때까지
나는 자는 척 잠이 들지 못했다

–「흐린 날의 기억」 전문

시인의 "흐린 기억" 속에는 가난에 노출된 시간이 잠재하고 있다. 아픔이 되어버린 것들은 "삶의 중심"을 공격하고 무너뜨린다. 세상의 모든 슬픔은 왜 어두운 빛을 띠고 있을까. 그 어둠 속에 노름으로 가산을 탕진하고 야반도주한 아버지가 있고 빚쟁이들의 악다구니가 있다. 두 해가 지나도록 돌아오지 않는 아버지 자리에는 좁은 방에 쪼그려 앉아 물레를 돌리는 어머니가 있다. 쓸만한 살림살이는 죄다 빚쟁이의 손에 넘어가고 허접한 살림살이만 남았을 것이다. 가만히 한숨을 내쉬는 어머니의 심정을 알기에 잠든 척, 어머니의 눈물을 지켜보던 그 어린 시절은 한 치 앞도 보이지 않는 먹구름의 나날이다. 어머니 홀로 감당한 그 슬픔의 무게를 아직도 시인은 기억하고 있다.

시적 사유의 "중심을 관통한" 고통은 아버지로부터 시작되었다. 통증의 심연에는 행방이 묘연한 아버지가 있다. 아버지의 '부재'는 뼛속까지 스미는 고통으로 인식의 범위를 확장해 나간다. 어린 딸은 어머니의 눈물에 동조하며 침묵한다. 그렇다면 눈물은 언제쯤 노래가 되었을까. 아마도 어머니의 청춘을 오롯이 삭제해 버린 세월의 결과물이 아니었을까. 가장의 빈자리를 메우는 어머니의 역할이 없었다면 눈물은 오래도록 눈물이었을 것이다. 상처 부위를 건드리면 안도의 기억은 저릿저릿 환하게 번져가고 호롱불은 꺼지지 않고 물레는 돌아간다. 안규례 시인은 피할 수 없는 불행을 또 다른 생의 기제(機制)로 차용하여 "시의 서정"을 획득한다.

이른 저녁 식사를 마치고

마른빨래 걷어 방으로 들어오신 어머니

어젯밤 까다 둔 마늘을

궁시렁궁시렁 까시며

요샌 밤이 웬수다 웬수

고무줄처럼 늘어진 밤이 웬수여

진저리치듯 긴 밤의 기억을

곱씹고 또 곱씹으시며

양다리 사이로 빨간 고무다라이를 끼고 앉아

늘어진 밤의 길이를 재고 계신다

툭툭 던져진 마늘이 바구니에

쌓여갈수록 깊어가는 어둠

도란도란 말벗이 되어 주던

나의 눈꺼풀도 스르르 감기고

요란했던 텔레비전이 마감 뉴스를 전해도

아무것도 개의치 않는 듯

바스락바스락 뭉툭해진 손톱 끝으로

긴 밤을 잡아당기고 계신다

- 「십이월」 전문

  휴식을 위한 밤은 늙은 어머니에게는 지루한 "노동의 시
간"이며 홀로 외로움을 감당했던 "뼈아픈 시간"이다. 12

월은 밤은 어느새 고무줄처럼 늘어나 있다 "진저리치듯 긴 밤의 기억을/곱씹고 또 곱씹으시며/양다리 사이로 빨간 고무다라이를 끼고 앉아/늘어진 밤의 길이를 재고 계신다"에서 유추할 수 있는 것은 그동안 긴 밤은 웬수 같은 암울한 시간이었다는 것이다. 진저리치던 때를 가만히 들여다보면 가장이 되어 빈자리를 메우던 지친 밤이 보인다. 졸음을 쫓아내며 버티던 그 시간은 생계를 벌던 시간이었다. 남편이 사라진 허전한 빈자리에 어린 자식들이 줄줄이 매달려 있다. 그때 젊은 엄마는 살기 위해 물레를 돌리고 긴 밤을 반납했을 것이다. 어느새 늙어버린 어머니는 아직도 진저리치듯 긴 밤의 기억을 곱씹고 또 곱씹는다. 저녁은 왔지만 그토록 밀려오던 잠은 어디로 갔는지 버릇처럼 일거리를 끼고 앉아 늘어진 밤의 길이를 재고 있다. 과거의 시간에 추임새를 넣어주던 딸의 눈꺼풀이 스르르 감겨도 어머니의 잠은 실종되고 뭉툭해진 손톱 끝으로 긴 밤을 잡아당긴다. 앞서 소개한 「흐린 날의 기억」과 어머니의 "인고의 시간"이 맞물려 돌아간다. '마늘 까기'는 세월의 더께에 짓눌린 어머니가 밤을 보내는 유일한 소일거리다. 어젯밤 까다 말고 밀어둔 마늘이 다시 껍질을 벗기 시작한다. 어쩌면 늙은 어머니는 마늘처럼 쓰리고 아린 기억의 껍질을 하나하나 버리는 중일까. 간절하다는 것은 기교에서 오지 않고 체험을 거친 '진정성'에서 온다는 것을 새삼 확인할 수 있다. 「십이월」은 겨울의 쓸쓸한 풍경과 쓸쓸하게 늙어버린 어머니의 일생이 오버

랩되는 삶의 비의(悲意)를 조명한 빼어난 작품이다.

초저녁 하늘
뜬눈으로 불 밝힌 별 하나
새벽으로 간다

시계 초침 소리는 여전히
잠들지 못한 나에게
늘어진 엿가락처럼 다가오고
먼 인기척에도 셀 수 없이
가슴 쓸어내리며 지샌 밤
새벽은 더 가까이 와 있다

허탈한 가슴은 눈물조차 메마르고
바싹 탄 입안은
마른침마저 돌지 않는다

아직도 작은 아이 손에 꼭 쥔 로봇은
꿈인 듯 생시인 듯
혼잣말을 중얼거리며
문밖의 시간을 끌어당긴다

아는지 모르는지
빨간 벽을 타고 느물느물 들어온

아침 햇살이
덫에 걸린 시간을
가난한 부엌으로 끌고 들어간다

딸가닥거린 냄비에
라면 몇 가닥이 그네를 타고
어느새 실눈 뜬 아이들이
엄마를 부른다

나는 밤새 지구를 돌아온
시간만큼의 거리를 가슴에 묻고
질겅질겅 어둠을 씹은 얼굴에 탈을 쓴다

엄마라는 이름표를 단 천사의 얼굴로

　－「엄마의 이름표」 전문

　어린것에게 장난감 로봇을 쥐여 주고 야근을 나가던 밤
은 얼마나 길었을까. 먼 인기척에도 셀 수 없이 가슴 쓸어
내리며 지샌 밤이 있다. 어린 자식을 떼어놓고 온 어미의
가슴은 밤새 지구를 돌아온 시간만큼의 거리를 가슴에 묻
어야 한다. 혹여 밤새 아이들에게 무슨 일이 있을까. 얼마
나 애를 태웠는지 눈물조차 마르고 입은 바싹 타들어 가
지만 집에 돌아오면 아무 일도 없는 듯 엄마라는 이름표

를 달고 천사의 얼굴로 돌아간다. 세상의 엄마들은 자신의 엄마가 그랬듯이 자식들에게 나약한 모습을 감추며 살아간다.

애착 대상과 분리되면 두려움을 느끼는 '분리불안증'을 겪는 아이들에게 엄마들은 "괜찮아, 곧 올게" 하며 표정을 바꾼다. 아직은 엄마의 손길이 간절한 아이와 이별하는 일은 생업 때문이다. 정해진 이 과정을 생략할 수는 없다. 시인이 주시하는 것은 마찰음을 최소한으로 줄이기 위해 날마다 '천사'가 되어야 하는 것과 당면한 현실을 받아들여 환경에 적응하는 '슈퍼우먼'이 되는 일이다.

안규례 시적 시그널은 지극한 '가족애'와 '모성애'이다. 시인에게는 "사랑이라는 동력"이 있어 '희망'을 노래한다. 가족 간의 아낌없는 "희생과 사랑"이 이를 방증하고 있다.

황정산 평론가는 "희망의 회복이 대단한 결단이나 세상을 초월해서 도달하는 어떤 정신적 고결함에서 얻어지는 것이라기보다는 삶에서 겪게 되는 자잘한 고통들을 감싸주고 위로해주는 작지만 따뜻한 그 소박한 노력들에 의해서라고" 하였다. 안규례 시인의 시적 성향은 대단한 사회적 담론이 아닌 소박하게 살아가는 보통 사람들의 이야기에서 추출한 "삶의 진액"이다. 고비를 넘기면 또 다시 밀려오는 삶의 파도 앞에 어떤 자세로 살아왔는지 「액자」에서도 알 수가 있다.

서울로 발령 난 남편을 따라
세간살이 풀었던 연희주공아파트

함께 살던 시동생들 내팽개치고
떠나올 땐 자유비행하는
양털구름처럼 가벼웠지만
방, 거실, 일곱 평 남짓한 공간
벽은 갈라지고 시멘트 가루
푸슬푸슬 떨어진 틈새로
바람이 무시로 드나든다

베란다엔 구공탄이
낯선 사람처럼 맞이하고
제 자리를 찾지 못한 이삿짐들은
포개지고 넘어지고
서로를 붙들고 서 있는 지 며칠째

기차 소리 낮밤으로 덜커덩거려도
찬장과 장롱 냉장고 사이로
두 아이는 숨바꼭질하며 잘도 논다

가난을 풀지 못한 짐들이
현관 입구를 막아서도
희망이라는 액자를

내 마음의 벽에 걸며

꽝, 꽝, 꽝 못을 친다

– 「액자」 전문

　안규례 시인의 발화방식은 "내면에서 우러나오는" 힘이
배어있다. 누구에게도 말하지 않고도 혼자 슬픔을 삭이며
당면한 환경과 당당하게 겨루는 것이다. 지치지 않고 자
신만의 세계를 만들어나가는 "긍정의 힘"이다. 안규례 시
인은 과거를 호출하며 현재의 나를 돌아보고 과거의 시간
은 밑거름이 되어 '현재'를 단단하게 붙잡는다. 흘러간 것
들은 지금도 건너야 할 거친 물살에 '징검돌'이 되어 있을
지도 모른다.
　보이지 않는 액자는 희망을 상징한다. 그 누구도 모르게
마음의 벽에 꽝꽝 박아 둔 액자를 바라보며 시인은 현실
을 극복해나간다. "함께 살던 시동생들 내팽개치고"에서
알 수 있듯이 군식구 뒷바라지에서 해방된 자유는 갈라
진 틈새로 바람이 드나드는 "일곱 평 공간"에 다시 갇혀버
렸다. 밤낮으로 끼어드는 기차소음과 제자리를 찾지 못해
포개지고 넘어지고 서로를 붙들고 있는 이삿짐들, 내팽개
치고 싶은 것은 군식구들만이 아니었다.
　뜻밖에 마주친 대부분의 고통도 지나고 보면 오래전부터
함께 살고 있었던 친근한 것들이다. 시나브로 내 안에 고인
쓰디쓴 것들, 그 일부가 아닐지라도 그것들과 쉽게 단절할

수는 없다. 버릴 수 없다면 함께 공존할 방법을 찾아야 한다. 그 비책이 곧 '희망'인 것이다. 불쑥 치밀거나 아차 하면 엎어져 넘칠 '분노'를 다독이며 하나하나 지워나가는 것이다. '희망'이라는 액자가 없었다면 그 파랑(波浪)을 어찌 넘을 수 있었을까. 성공의 성패는 무엇 때문에 할 수 없는 게 아니고, "할 수 있다"는 용기가 없을 뿐이라고 한다.

자신의 어두운 그늘을 독자에게 고백할 때 그때마다 마음에 드리운 '음지'는 조금씩 줄어든다. 아픔이 없었다면 "삶의 깊이"를 어찌 알 수 있으랴. 시라는 존재를 알고 있다는 것과 시를 통해 상처를 치유하고 있다는 것에 시인은 안도하는 것이다.

김현 평론가는 문학은 "고통스럽게 행복을 생각하는 것"이라고 했다. 고통스럽지 않다면 행복 또한 오지 않을 것이다. 하지만 너무 쉽게 만난 행복이나 횡재 뒤엔 대부분 고통이 잠복해 있음을 잊지 말아야 한다.

누군가에게 납작해지도록 밟혀 본 적 있니
그 아픔 헤아려 가슴 깊이 패인 상처 어루만져준 적 있니

굳은살처럼 박인 못 하나 꺼내어 말랑말랑해질 때까지 주물러 본 적 있니

새를 기다리는 나무처럼 오지 않을 걸 알면서 간절한 믿음 하나로 무언가를 기다려본 적 있니

밟히고 구부러지고 뭉개져도 배고파 자지러지게 우는 아이처럼 비명 한번 질러본 적이 있니

없는 시간을 기다리는 어두운 밤 뜨거운 눈물 흘려보지 않은 사람을 너는 알고나 있긴 하니
있니

– 「있니」 전문

'있니'라는 질문은 '없었지'라는 대답과 같다. 납작하게 밟히거나, 굳은살처럼 박인 못 하나 꺼내 말랑말랑해질 때까지 주물러 본 적 있느냐고 묻는다. 자신의 아픔을 타인에게 말할 때 "공감을 요구하는" 몸짓이기도 하고 "답이 필요 없는" 일방적인 질문이기도 하다. 의문형으로 시작되고 의문형으로 끝나는 「있니」는 부정으로 긍정을 끌어내는 발화(發話)의 형식을 보여준다. 자신이 체험한 고통에 동조를 구하거나 스스로를 다독이는 "위로의 방식"이다. 여기서는 대화의 대상은 없다. 어쩌면 스스로에게 던지는, 자문자답일 수도 있을 것이다. 누군가 들어줄 "대상이 없음으로" 더욱 처연하게 읽힌다.
　어쩌면 처음부터 대답을 '들을' 수도 '대답할' 수도 없는 질문이다. 그럼에도 "말해야 한다"는 당위(當爲)가 돌처럼 박혀 있다. "대답할 수 없는 것"에 대한 '갈증'이 행과 행

사이에 끼어있다. 이 또한 "고통스럽게 행복을 생각하는"
문학의 힘이다.

얼룩으로 찌든 운동화를 빤다
미지근한 물에 담갔다가
긴 솔로 앞코부터
쓱쓱 문지르면
남자의 이른 새벽이
스멀스멀 빠져나와
고무다라 속을 까맣게 물들인다

운동화 뒤축까지 꼼꼼히 빨다 보면
지하철 계단을 오르내린
가쁜 숨소리 빠져나오고

회식을 마치고 돌아오다
만취해 택시 기사와 다투던 폭언
퇴근길 축 늘어진 어깨가
맥없이 빠져나와 귀가를 하는 남자

이른 새벽이 오면 아무렇지도 않은 듯
다시 신발 끈을 조인다

– 「남편」 전문

찌든 운동화 속에는 "이른 새벽"이 있고 지하철 계단을 오르내린 "가쁜 숨소리"가 있다. 이 땅에서 살아가는 보통 사람들의 모습이다. "회식을 마치고 돌아오다/만취해 택시 기사와 다투던 폭언/퇴근길 축 늘어진 어깨가/맥없이 빠져나와 귀가를 하는 남자"는 주변에서 흔히 마주치는 소시민이다. 시인의 남편 역시 술에 취해 몸을 가누지 못하면서도 새벽이 오면 다시 신발끈을 조이며 집을 나선다. 생계에 묶여 늘 반복되는 일상, 정해진 반경을 맴돌며 힘들어도 내색조차 하지 않는 이 시대의 가장들. 고무다라를 까맣게 물들이는 고달픈 샐러리맨들은 개미처럼 부지런히 직장을 오간다. 단순한 구조 안에는 운명과 겨뤄야 하는 가장의 생업이 있다. 한탕주의가 성행하는 이 시대에 일확천금을 바라지도 않고 성실히 땀 흘린 노동의 대가는 적지만 정직하다. 이 세상은 이런 평범한 사람들로 인해 일어서고 이 평범한 힘들로 무너지기도 한다. 우리는 대부분 계층 간의 불화와 불합리한 사회제도에 연루되어 있다. 한 사회를 규정하는 테두리와 인식의 체계, 사회적 '패러다임'에서 누구도 자유로울 수 없을 것이다. 만취가 되어 언성을 높이는 사람들을 단순히 '취객'으로만 볼 것인가. 마음에 "깊이 묻어둔" 말은 가족에게 "흘리지 않는" 남편은 오늘도 묵묵히 일을 나선다. "아무렇지도 않은" 듯한 그 힘으로 집집마다 새벽이 오는 것이다.

시리도록 맑은 하늘 아래

창문 너머 누군가의 웃음소리
엄마는 지금 무얼 하고 계실까
전화라도 드려볼까

혼기 찬 아들은 집 나갈 생각 아니하고
장롱 속 다 뒤져도
계절에 맞는 옷은 보이지 않네

돌아보면 몸에게 미안한 세월
언제나 새것인 양 아침부터 밤까지
부려먹기만 했지

호강 한번 시켜 준 적 있었던가
값비싼 보약 한 재 지어줄걸

평생 고장 안 날 것 같던 몸속에
저들끼리 뭉쳐서
스크럼 짜고 있는 세포들
지금은 그냥 두면 안 된다는
의사의 단호한 한마디
대롱대롱 귓전에 매달려 있고

이 밤은 길기만 하네

– 「수술 전야」 전문

　반복되는 생활을 의미하는 '일상'이라는 말은 개개인에
따라 차이가 난다. 누군가에겐 '즐거움'이, 또 누군가에겐
'아픔'이 일상일 수도 있다. 육신의 상처는 마음의 상처로
이어지고 병은 더 깊어진다. 「수술 전야」는 "시리도록 맑
은 하늘 아래/창문 너머 누군가의 웃음소리"로 시작된다.
병실 "바깥의 풍경"은 수시로 이쪽으로 건너오지만 병상
에서 수술을 기다리는 시인은 복잡하고 미묘한 긴장감에
갇혀있다. 병실 밖은 얼마나 아득한 거리인가. 안과 밖은
어쩌면 지상에서 가장 먼 거리일 수도 있다.

　조금만 더 일찍 알았더라면 다행이었을 것들, 언제나 후
회는 결과보다 뒤늦게 찾아온다. 이런저런 생각으로 밤
은 길기만 하다. 안규례 시인은 당장 칼을 대야하는 자신
의 몸보다 병상에까지 따라온 "어머니와 자식" 걱정이 앞
선다. 그 뒤에 따르는 것들은 아침부터 밤까지 부려먹은
자신의 '몸'이다. 그냥 두면 안 된다는 의사의 단호한 한마
디가 수술을 결심한 동기였다. 슬그머니 수술을 미루려는
시인의 고집은 단호함 앞에 무너졌을 것이다. 연작처럼
이어진 「퇴원 전야」로 그 결말을 알 수가 있다.

병실 창가에 메아리처럼 새털구름 몰려왔다 몰려가는 가을날
부모님이 물려주신 신체의 일부분을 개밥 던져주듯 병원에 떼
어주고 내일이면 간다

링거, 소변 주머니 혈액 주머니를 주렁주렁 매달고
통증과 싸웠던 301병동 201호의 시간들

잔영처럼 구토와 어지럼증은 지금도 간간이 찾아왔다 가지만
인생에 있어 이 밤이 아픔의 종지부를 찍는 마지막 밤이었으면
좋겠다

벌써 몇 번째 수술대에 올랐던가
구급차 소리에도 두려움이 밀려온다
약속이라도 한 듯 모두가 빠져나간 병실에 소등을 하고
사방으로 커튼을 치며 눈을 감아도 잠은 좀처럼 오지 않는다

실루엣 같은 불빛 사이로 울컥울컥 복받쳐 오르는 서러움
어질러진 침상을 정리하며 더러는 상처를 핥듯 축 늘어진 몸을
만져본다

이 밤이 지나면 퇴원하는 날 그래 잘 있거라
누군가의 손에 이끌려 쓰레기로 버려질 나의 분신들아
미안하구나, 혼자 집으로 돌아가서

— 「퇴원 전야」 전문

시는 우리의 "반성적 사유"를 자극한다. 죽을만큼 아파

보지 않고서야 이토록 절절한 고백이 나올 수 없을 것이다. 고통을 받아도 "살아 있으라"는 신의 명령은 언제까지 유효한 것일까. 개별적인 고통은 자신의 몫이어서 누구도 대신할 수 없다. 고통받을 육체를 가졌다는 것은 아직 살아있다는 증거인 셈이다. 결말을 보여주는 퇴원전야 역시 아프긴 마찬가지이다.

병실 창가에 메아리처럼 새털구름 오가는 가을날 부모님이 물려주신 신체의 일부를 개밥 던져주듯 병원에 '떼어주고' 내일이면 간다고 한다. 인생에 있어 이 밤이 "아픔의 종지부"를 찍는 마지막 밤이었으면 좋겠다고 한다. 구급차 소리에도 두려움이 밀려오는 곳, 몇 번이나 오른 수술대, 통증과 싸웠던 301병동 201호엔 통증과 싸웠던 끔찍한 시간들이 모여 있다. "이 밤이 지나면 퇴원하는 날 그래 잘 있거라/누군가의 손에 이끌려 쓰레기로 버려질 나의 분신들아/미안하구나, 혼자 집으로 돌아가서"에서 짐작하듯 자신의 장기 일부를 떼놓고 떠나는 시인의 소회(所懷)는 쓰라린 후회와 연민이 묻어있다.

퍼즐 조각들이 각각으로 뒤섞이면 의미가 없지만, 예정된 자리에 배치되었을 때는 선명한 그림으로 나타나듯이 하나하나 "언어의 조각"을 맞추는 시 쓰기는 논리적인 재구성을 통해 어느 자리에 어떤 생각을 배치할 것인가, 각기 다른 해석이 가능하도록 의미를 열어둔다. 밑그림이 복잡하거나 난해해서 잘 드러나지 않는 시집도 있고 단순하고 명료해서 "선명한 그림"이 나타나는 시집도 있다. 안규

례 시인의 시집은 '후자'에 속한다. '전자'와 '후자'의 작품
에는 분명 장단점이 있지만 무슨 그림인지 "드러나지 않
는" 것보다는 접근하기 쉬운 서정으로 한층 더 깊은 울림
을 주는 '후자'의 작품에 필자는 안도한다. 안규례 시인의
시편은 무엇보다 "사람 냄새"가 난다. 차분한 어조(語調)로
펼쳐내는 여리고 강한 화법에 맑은 여음(餘音)이 있다.

　박노해 시인은 "참된 시는 날카로운 외침이 아니라 그
누구도 거부할 수 없는 둥근 소리이며 이슬처럼 맑은 울
림과 길고 긴 여운을 지닌 소리여야 한다"고 하였다.

　"사랑과 희생"에 삶의 의미를 담아 공감을 획득한 희망
을 노래하는 시집 『눈물, 혹은 노래』는 긴 여운을 주는 '감
동'이 있다. 안규례 시인은 '가족애'를 통해 인정이 메말라
가는 현시대에 정직하고 인간다운 "삶의 자세"를 차근히
보여주고 있다.